U0123031

全彩漫畫版

木偶奇遇記

The Adventures of Pinocchio

深受全世界父母肯定的品格教育童話

感謝各界好評推薦

「悅讀名著漫畫版」風格清新不俗，畫風、顏色及設計典雅，內容寓意深遠，想像力豐富。精緻的漫畫與經典名著的融合，必能激發孩子閱讀興趣，溫暖、啟迪孩子良善與純真的心靈，培養孩子好性格以及正確的價值觀，值得細讀品味，一讀再讀。

實踐大學創新與創業管理研究所暨家庭教育與兒童發展研究所教授・中華創造學會理事 **陳龍安**

當名著遇見漫畫，名著的光芒再度被點亮。名著裡的人物現出身影，名著裡的事物有了鮮明的畫面，名著裡的經典對白迴盪其間……視覺的美感輔助了閱讀，小讀者輕鬆、愉快的閱讀了它，在小小的年齡就能接觸到名著，感受文學的趣味。

中華青少兒童寫作教育協會理事長 **楊佳蓉**

孩子們小時候所受到的文化衝擊，對他們一生都有重大的影響，小時候就看過經典名著的孩子，當然會比較有思想。只可惜因為某些名著的篇章過多，使得沒有閱讀習慣的現代兒童往往缺乏興趣接觸。「悅讀名著漫畫版」的出版，給孩子開了一扇通往真、善、美的窗扉。

清華大學資訊工程系教授 **李家同**

2

對小孩來說，圖像是最親切的吸收管道。透過漫畫接觸偉大經典，是讓小孩們熟悉好故事的絕佳途徑。期望我的孩子們也在這些精采故事與豐富圖像的氛圍下長大，具備想像力與說故事的能力。

TVBS〈一步一腳印，發現新臺灣〉製作主持人　詹怡宜

經典名著是文學上的藝術精華，圖像閱讀是現代兒童接觸文學的趨勢。以漫畫方式將書中重要概念或對話圖像化，可引領孩子輕鬆進入文學世界，建立自我閱讀的自信，未來更樂於親近原著，讓文學的影響力深植其心靈深處。

知名童書作家　嚴淑女

現在的孩子接觸電腦、電視的機會增多了，長期接受聲光的刺激使得他們閱讀書本文字的興趣降低。出版社真有智慧，精心推出了名著漫畫，提供學子們「悅」讀，實在令人感佩！尤其是把哲理融入漫畫中，孩子不去思考、不喜歡它，也還真難呢！

國立臺灣師範大學人類發展與家庭學系副教授　鍾志從

如果一本感動人心的世界名著能讓小朋友願意自動親近，那會有多好；如果一本發人深省的文學作品能用漫畫形式讓孩子學會慢慢思考，那會有多棒。我想這套「悅讀名著漫畫版」做到了，建議您可以大方的讓孩子看，把這套書當成一個個淺淺的樓梯，讓孩子慢慢登上閱讀世界經典作品的殿堂。

故事屋負責人　張大光

漫畫不同於繪本及文字書的文學創作形式，能提供小讀者更多元的閱讀享受。「悅讀名著漫畫版」讓孩子多了一種形式接觸世界名著，「好的漫畫」加上「好的作品」，真是高級的閱讀享受！

資深閱讀推廣人 蔡淑媖

許多的世界文學名著字數都不少，對於期待接觸美麗文學世界的兒童而言，往往還沒開始接觸就已經結束，錯失了閱讀文學經典的機會。「悅讀名著漫畫版」系列以兒童最喜歡的漫畫方式，詮釋世界著名的文學經典，打開兒童接觸文學世界的大門，讓他們輕鬆、快樂的享受了閱讀文學的樂趣。

中華民國兒童文學學會理事·新北市板橋國民小學教師 江福祐

知性的童年、豐富的人生！閱讀是一生的學問。若我們讓孩子從小培養良好的閱讀習慣，就是給了孩子一個終生受用、最有價值的禮物。「悅讀名著漫畫版」系列，以淺顯易懂的文字與豐富圖像的漫畫形式，為孩子開啟閱讀世界名著的一扇窗，幫助孩子在充滿樂趣的閱讀歷程中，喜歡閱讀，享受閱讀，學會閱讀。

臺北市興雅國民小學幼兒園教師 趙恕平

4

第1章　皮諾丘　7

第2章　仙子　19

第3章　吞火爺爺　31

第4章　五枚金幣　43

第5章　奇蹟之地　55

第6章　轉變　69

第7章　許願瓶　85

第8章　大鯨魚　95

第9章　犧牲　107

第10章　小男孩皮諾丘　129

第11章　惡有惡報　139

目錄

人物介紹

傑貝托老爹

鎮上的老木匠，雖然貧窮卻相當仁慈，獨居的他，將皮諾丘當成自己的小孩照顧。

皮諾丘

傑貝托親手雕刻的小木偶，在仙子的法力施展下，得以開口說話、跑跳，個性淘氣又頑皮，最大的願望是成為真正的人類小男孩。

仙子

擁有神奇的法力，賜予皮諾丘生命力，讓他陪伴好心的老爹。

吞火爺爺

木偶劇團的團長，面惡心善，只要心軟時就會猛打噴嚏。

豬籠草

皮諾丘在學校裡認識的好朋友。

黑皮老大

專門拐騙貪玩、不聽話的小孩，還會將他們變成驢子的大壞蛋。

第 1 章

皮諾丘

睜開眼睛吧！皮諾丘。

啊！

耶！

消失

看來，仙子受驚嚇就會消失的傳說是真的！

第 2 章

仙子

哇！

哈哈哈！

真是太好玩了！

可是……

啊！肚子餓了。

去哪裡找吃的呢？

我這裡沒有東西給你吃！

這麼晚了，你不在家裡陪爸爸，跑出來幹麼？

爸爸……

求求你……

善良的仙子，給我們父子一點吃的吧！

仙子！我就是出來幫爸爸找吃的……

好吧。

我這裡只有這些了。

豐盛

狂吃

孔！

皮諾丘，你聽好了！我給你生命是因為，傑貝托是個好人⋯⋯

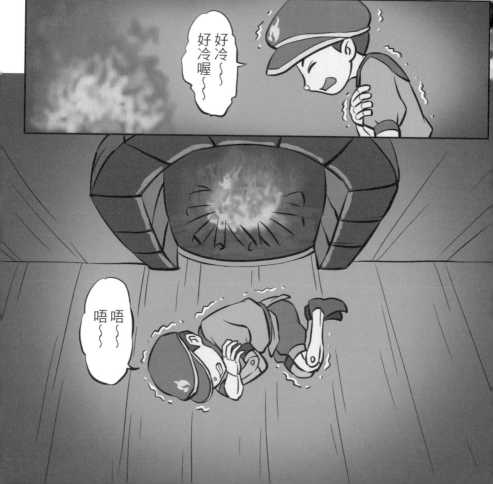

第3章

吞火爺爺

可是……修好你的腳之後，我怕你會逃跑。

我又可以出去玩囉！

老爹，你愣在那裡幹麼？趕快動手修理呀！

我真的希望你能留在我身邊，當我的小孩！嗚……

老爹，別擔心啦！只要你修好我的腳……

我就……會……當個乖小孩。

那我們一言為定囉！

34

38

第 4 章

五枚金幣

我只有老爹，沒有媽媽。

上帝保祐你。

我敢打賭，我如果把你當柴燒了，你老爹一定會很難過。哈啾！

謝謝你。不過，我還是要有柴燒，才能烤熟我的羊肉。

團長，魁弟帶來了！

警衛！去把魁弟帶過來！

是！

45

啊！

把他丟進火爐！

你的手和腳都斷了，不拿來當柴燒，還能幹麼？

嗚⋯⋯團長，求求你，饒了我吧！

喀叮！

少囉嗦！警衛，把魁弟丟進火爐！

我還能幫你演戲賺錢。

可是，我還是可以表演呀！你看——

49

第二天。

木偶劇場

團長，非常感謝你昨晚的招待。

皮諾丘，你的老爹是做哪一行的？

他是個木匠。不過，他窮得必須拿外套幫我換課本。

謝謝團長。你真是個大好人！

可憐的傢伙。我這裡有五枚金幣送給他。

皮諾丘，快回家去吧！

皮諾丘再見！

金幣！

可憐的老爹。不過，我現在有這五枚金幣，可以給他買新外套了。

不過，看到你和老爹都這麼可憐……

雖然，我們不能隨便告訴別人……

我們就破例告訴你一個——

可以讓五枚金幣變成五百枚金幣的地方。

太好了！快告訴我，那個地方在哪裡？

傻子國。

第 5 章

奇蹟之地

然後呢？

我要馬上回去幫老爹買漂亮的新外套！

不！我不想去傻子國！

然後，再去買很多課本，我要去上學，要認真讀書！

呵呵～你真是一個乖小孩。

但是，只要不到五年，這五枚金幣就會被花光了。嘿嘿……到那個時候……

你們又會像現在這樣，過著貧寒的日子。

身為好孩子的你，願意看著老爹受苦嗎？你好好想一想吧！

就這樣，皮諾丘跟著狐狸和貓前往奇蹟之地。

一起去吧！

我們到了！

怎麼到處都是枯樹呢？

因為之前有很多人拿金幣來埋。

金幣樹的金幣被摘光後，就會枯死。

耶～
完成了！

埋
埋

現在還要做什麼呢？

我們先去附近找個地方過夜，明天一早再來摘金幣。

可是，我已經沒錢了。

沒關係，我們請你。

反正明天你就有一大堆金幣還我們了。

說的也是！

請問，跟我一起來的狐狸和貓呢？

他們一早就走了。

他們一定先去奇蹟之地了。我要趕緊追上他們！

等一下，你還沒付錢呢。

什麼？

住宿的錢呀！

老闆，我在奇蹟之地埋了很多金幣！

現在就去拿來給你！

嗚……我被騙了。

金幣不……不見了！

之前我也在這埋過棒棒糖，隔天也是不見了。

怎麼辦？

哇啊—

大寶，你跟他回家去拿錢。

奇蹟客棧

皮諾丘！你不是去上學嗎？怎麼會有錢，還讓人家騙走了？

因為，我撿到一袋金幣……後來，又被人騙走了！

皮諾丘，你的鼻子又變長了！

老爹，對不起！其實是我貪玩跑去看木偶戲，才會遇到騙子……

皮諾丘，仙子讓你一說謊鼻子就變長，就是要你學會誠實。

人總是會犯錯，但只要懂得悔改都來得及。

老爹，我發誓今後一定當個用功讀書的小孩。

老爹相信你。

咕嚕咕嚕

老爹肚子餓了？

哈哈哈

是啊！一起吃午餐吧！

第6章

轉變

對不起，我不是故意要笑你。我們一起回家吧！

從此，皮諾丘和豬籠草就成了好朋友。

而且，喜歡打抱不平的皮諾丘，慢慢也成了孩子王。

當然，答應老爹要用功讀書的事，他也沒有忘記。

答得很好！皮諾丘。

下一題，誰自願來作答？

$16 \div 4$
$= 4$

轉

老爹，我來幫你！

不行。你又沒學過，只會越幫越忙。

老爹，你這麼晚了不睡覺，怎麼還在工作呀？

呵呵！難得有工作要趕給店家。

你先去睡，我馬上就做完了。

好吧。那你不要太晚睡喔！

疲累……

晚安，皮諾丘。

晚安，老爹。

老爹，你要去送貨了呀？

是啊！

我來幫你。

也好。反正你上學順路。

嗚⋯⋯⋯⋯

呼～ 呼～

生龍、活虎，快出來搬貨！

不用看了。你的品質是有口碑的！這是你的酬勞。

謝謝！

老闆，怎麼錢比以前少？

現在椅子都是靠機器大量生產，手工椅太貴，沒什麼人要買啊！

喔，我知道了。

老傑，你臉色不太好，沒事吧？

沒事，沒睡飽而已。

有工作請再通知我。

老爹！老爹！

咚！

老傑，你怎麼了？

生龍！活虎！快來幫忙呀！

第7章

許願瓶

老爹……

老傑是操勞過度才會昏倒，需要住院觀察。

唉～

幾個月後，老爹出院了。但是，不僅花光所有積蓄，還欠了家具店老闆錢。

綜合醫院

欠我的錢，等你有錢再還吧。

這怎麼好意思呢？

老闆，我可以幫你打工還錢嗎？

皮諾丘，你還要上學啊！

是啊，你還小，這樣太累了。

皮諾丘……

我不怕累，我不要老爹再累倒！

好吧！你就來試試看。

嗯。

就這樣，皮諾丘開始到家具店幫忙。結果，不但上課時常常打瞌睡……

$4 \times 5 + 10$

功課也退步很多。

皮諾丘。

因為你的孝順與勇氣，我送給你這個許願瓶。喝下許願水，說出的心願就會實現。

仙子！

先別急著作決定！再說，你不是一直希望變成真的小孩嗎？

太好了！我可以幫老爹還錢了！

時間會告訴你需要什麼的。

是啊！可是，老爹和我的生活還是需要錢！

仙子！

等我放學回來，再告訴他這個好消息！

先收在衣服口袋。

還在睡……

老爹！

是夢嗎？

咦？真的有許願瓶！

豬籠草，你在這裡幹什麼？

皮諾丘！

啦啦～

看！車來了！

咦？你們都不用上課嗎？

待會兒有一輛車會來載大家去遊樂園玩。

反正我已經有許願瓶了，去玩一天應該沒關係吧！

小朋友，遊樂園一年才免費開放一次，機會難得喔！

皮諾丘，快上來啊！曉一次課不會有事的！

第8章

大鯨魚

這就是你們貪玩的下場。

不要吵！

再吵就把你們的皮剝下來，拿去做鼓！

哼！現在後悔也來不及啦！

你們以為天下有白吃的午餐啊？

不聽父母的話當個乖小孩去上學，反而跑來這裡玩耍。

黑皮老大，買家來了！

哈哈哈～

小朋友，告訴你們，其實我是很好心的。

等一下只有一隻驢子會被買去剝皮做鼓。

如果你們不想被做成鼓，就表現得活潑點吧！

黑皮，又有驢子可買囉！

不會都是病懨懨的吧？

生病的就賣給我做鼓呀！

天哪！病懨懨的就要被剝皮做成鼓耶！

各位老闆，這次的驢子可活潑得很呢！

嗚……老爹，我錯了。這就是我貪玩的下場。

嘿嘿～沒騙你們吧！每隻都很健康。

都沒有生病的嗎？可是，我還是要挑一隻來做鼓啊！

嗯。我的馬戲團也要這種的！

拉車、磨豆就要選健康的。

黑皮，那邊有隻驢子倒下了，是不是病了呀？

咦？

我沒有臉回去見你了。

反正一定要有一隻賣給他。就是這隻吧！

對啊！那隻驢病很久了。

那我就要這隻囉！

沒問題，樂老闆。小土！幫我把那隻趴著的驢捉到樂老闆的車上。

98

99

102

老爹，我回來了！

他會不會去找家具店老闆呢？

不在？

什麼？

老闆，我老爹呢？

他向我借了船，出海去找你了。

第9章

犧牲

皮諾丘，你果然在這裡，我終於找到你了。

老爹，是誰跟你說我出海了？

咦？

可是……我不是在這裡找到你了嗎？

原來……我是被大鯨魚吞進肚子裡了！

我也是被大鯨魚吞進肚子，才會找到你的呀！

你是誰？

你看不出我是隻海龜嗎？你好！我叫小龜。

那麼，我們是不是應該想辦法逃出去呢？

小龜，你怎麼會在這裡呢？

那還用問嗎？當然也是被吞進來的呀！

哈哈！原來我們同病相憐。

我想，那裡應該可以通往嘴巴。

我知道！那裡有時候會掉東西下來。

這些東西都是我從那裡撿來的。

你知道鯨魚的嘴巴在哪個方向嗎？

你老爹的頭腦還滿清醒的嘛！那麼，我們快走吧！

開心

啊——有東西衝過來了！

小龜，你沒事吧？

沒事。這隻鯨魚還真是什麼都吃。

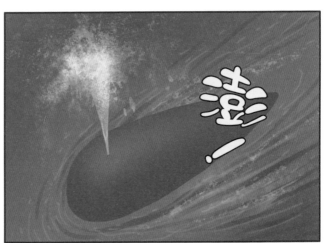

快！我們快爬上去，這樣就可以跟著氣體衝出去了。

你們看！鯨魚在換氣了。

老爹，我推你上去！

我們要快點跳進去，鯨魚換氣可不會太久喔！

老爹，你要抱緊我！

哇啊—

等一下出去後，你要緊緊抱著我。我是木頭，不會沉。

嗯。那我就放心了。

好壯觀喔！

啊—

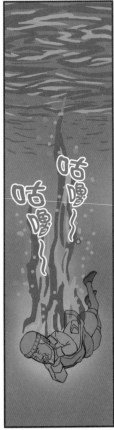

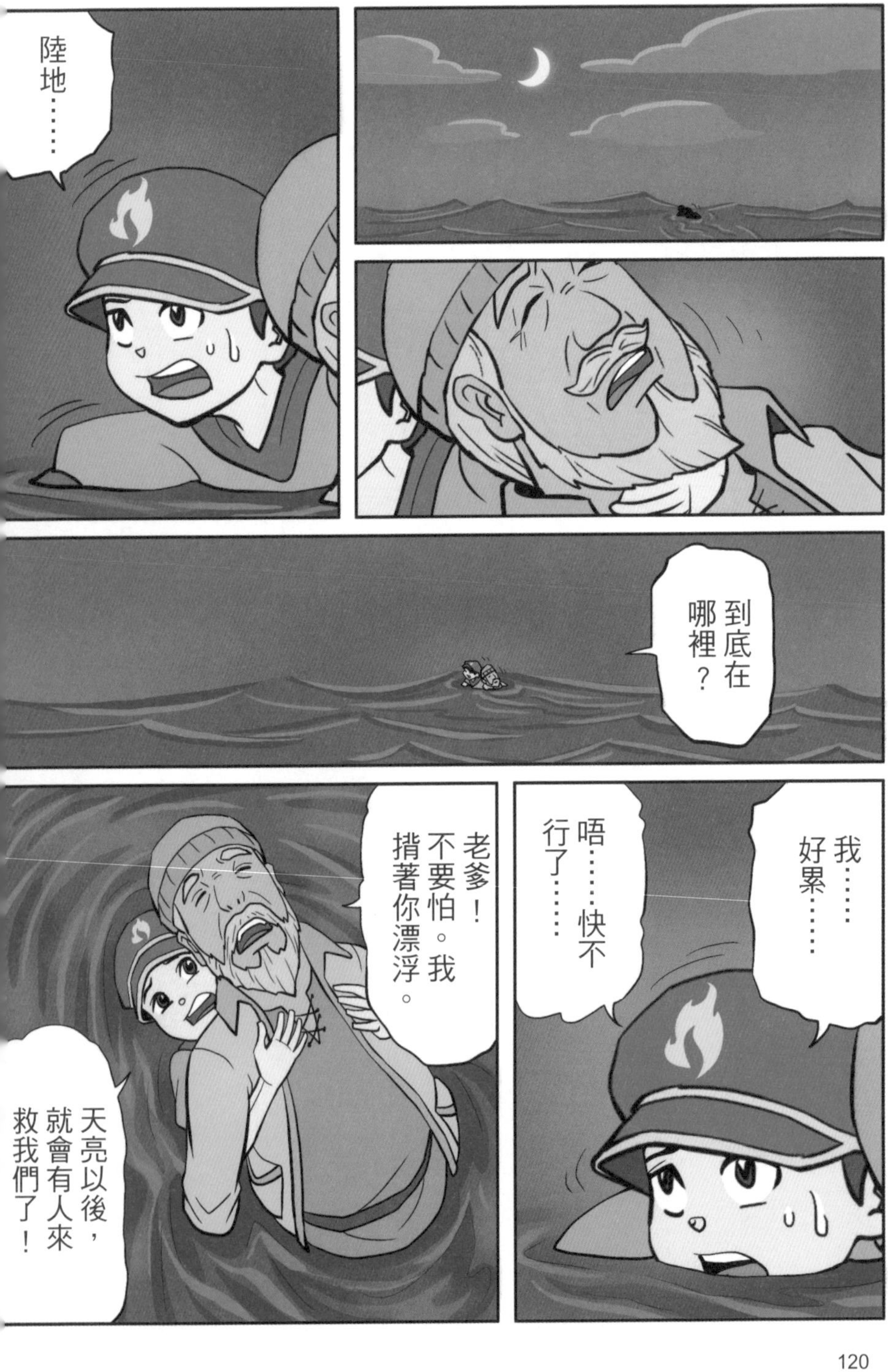
陸地……
到底在哪裡？
我……好累……
唔……快不行了……
老爹！不要怕。我揹著你漂浮。
天亮以後，就會有人來救我們了！

老爹，加油！
你一定要撐住啊！

這⋯⋯這是
怎麼回事？

浮出！

小龜！

皮諾丘！

哈哈！別客氣啦！

謝謝你們！

我爸爸會載你們上岸。

老爹，你快醒醒！

老爺，快醒來，你快醒醒啊！

皮諾丘，我們回去了。再見！

謝謝你們。再見！

附近有哪裡可以取暖呀？

怎麼辦？

好……好冷……

糟了！火沒了。

唉〜能撿來生火的我都撿了，只有這些了⋯⋯

好冷！好冷啊〜

怎麼辦？枯枝都燒光了。

抖 抖

哎呀！到底還有什麼東西可以拿來燒呢？

我好冷！

抖 抖

126

嗯⋯⋯⋯⋯

還有⋯⋯⋯⋯

我很高興能當你的小孩。

老爹⋯⋯⋯

第 10 章

小男孩
皮諾丘

東張西望

皮諾丘呢？

這是哪裡啊？

咦？這是什麼？

皮諾丘的防火帽！

這是……

老爹。

再見。

皮諾丘……

不要走啊！

因為，他要救你。

嗚……為什麼？

為什麼你要這麼做？

仙子！

可是，他已經死了。

咦？

皮諾丘捨己救人的行為，已經足以讓他成為真正的小孩。

這是什麼？

你摸一下口袋。

這是我送給皮諾丘的許願瓶。

許願瓶？怎麼會在我的口袋裡？

也許，這是冥冥中的安排——由你來幫他許願。

那……怎麼做呢？我要

但是，請不要鬥雞眼。

喝下瓶裡的液體再說出願望，就可以了。

我許願……我希望……

皮諾丘變成人類的小男孩。

升起～

飄～～

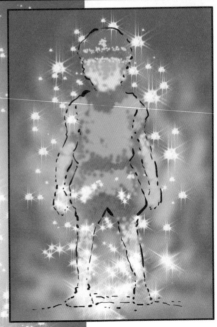

皮諾丘，這是你被騙走的金幣。

我相信，你們一定會過得很幸福。

謝謝仙子。

謝謝你，仙子。

第11章

惡有惡報

啊！那是去天堂樂園的馬車！

老傑、皮諾丘，再見了！

仙子！他就是把小孩變成驢的壞人！

嘻嘻哈哈

我知道了。

嘿嘿⋯⋯儘管笑吧！

等一下你們就會變成我的搖錢驢。

磅！

啊！

?

黑皮！

這是怎麼回事？

仙……仙子！

轉身

你偷走了我的「變驢水」，現在該還給我了吧？

哼！你還想跑！

哇啊—

吃！

我會載你們去天堂樂園。

小朋友，快救救我！

仙子，我們想去天堂樂園玩！

仙子好厲害呀！

144

對耶！

那就讓他喝吧！

好啊！贊成！

不——

寒！

仙子，快給我解藥！我不想變成驢子呀！

他真的會變成驢子嗎？

做得好！皮諾丘！

吐！

天啊！

他長出驢耳朵了！

啊！我的耳朵！

仙子，求求你，快給我解藥啊！

啊！我的手！

解藥也是變驢水。

什麼？

你想要變回人的話，除非是……

把你變成驢子的那個人，也喝下變驢水。

我要咬死你——

可惡的皮諾丘！

給我下去反省、反省！

騰空

真是不知悔改的傢伙。

啊嗚～

啊嗚～

他掉下去了。

砰！

拉布！

卡布！我變回人的樣子了！

弟弟！我終於找到你了！

嗚……哥哥。

天哪！我們差點兒就被變成驢子了。

還好仙子和皮諾丘救了我們。

是啊！

謝謝仙子！謝謝皮諾丘！

所以，我絕不允許他再害人！

這個黑皮我找他很久了，幸好皮諾丘提醒了我。

唉！我就是因為貪玩，才會被變成驢子……

各位小朋友，你們都要乖乖去上學喔！

老爹，那我去上學囉！

皮諾丘，做得好！

你要等我回家吃晚飯喔！

哥！我們以後不要逃學了。

151

聖賢學堂

老爹在家等著你喔！

老爹還帶他去吞火爺爺那裡看馬戲表演。

劇場

資優生頒獎典禮

從此，皮諾丘成為一個品學兼優的好學生。

漫畫版世界名著

木偶奇遇記

原　著：卡洛‧科洛迪
漫　畫：HAPPY
發行人：楊玉清
副總編輯：黃正勇
編　輯：許齡允、陳惠萍
美術編輯：游惠月

出　版：文房(香港)出版公司
2018年9月初版一刷
定　價：HK$48
ISBN：978-988-8483-20-4

總代理：蘋果樹圖書公司
地　址：香港九龍油塘草園街4號
　　　　華順工業大廈5樓D室
電　話：(852) 3105 0250
傳　真：(852) 3105 0253
電　郵：appletree@wtt-mail.com

發　行：香港聯合書刊物流有限公司
地　址：香港新界大埔汀麗路36號
　　　　中華商務印刷大廈3樓
電　話：(852) 2150 2100
傳　真：(852) 2407 3062
電　郵：info@suplogistics.com.hk